Jednoga je dana mala crvena koka šečući dvorištem farme našla nekoliko zrna pšenice. «Mogla bih posijati ovu pšenicu» pomislila je. «Ali, za to će mi biti potrebna pomoć.»

One day Little Red Hen was walking across the farmyard when she found some grains of wheat.
"I can plant this wheat," she thought. "But I'm going to need some help."

Mala je crvena koka pozvala ostale životinje na farmi:
«Hoće li mi netko pomoći posijati ovu pšenicu?»
«Ja ne», odgovorila je mačka, «imam previše posla.»
«Ja ne», odgovorio je pas, «imam previše posla.»
«Ja ne», odgovorila je guska, «imam previše posla.»

Little Red Hen called out to the other animals on the farm:
"Will anyone help me plant this wheat?"
"Not I," said the cat, "I'm too busy."
"Not I," said the dog, "I'm too busy."
"Not I," said the goose, "I'm too busy."

Mala crvena koka i zrnje pšenice

The Little Red Hen and the Grains of Wheat

Retold by L.R.Hen

Illustrated by Jago

Croatian translation by Dubravka Janekovic

MANTRA
LINGUA

«Onda ću morati sve sama obaviti,» rekla je mala crvena koka.
Uzela je zrna pšenice i posijala ih.

"Then I shall do it all by myself," said Little Red Hen.
She took the grains of wheat and planted them.

Oblaci su donosili kišu, a sunce je sjalo. Pšenica je rasla, čvrsta, visoka i zlatna.
Jednoga je dana mala crvena koka primijetila da je pšenica dozrela. Došlo je vrijeme žetve.

The clouds rained and the sun shone. The wheat grew strong and tall and golden.
One day Little Red Hen saw that the wheat was ripe. Now it was ready to cut.

Mala crvena koka pozvala je ostale životinje:
«Hoće li mi netko pomoći požnjeti pšenicu?»
«Ja ne», odgovorila je mačka, «imam previše posla.»
«Ja ne», odgovorio je pas, «imam previše posla.»
«Ja ne», odgovorila je guska, «imam previše posla.»

Little Red Hen called out to the other animals:
"Will anyone help me cut the wheat?"
"Not I," said the cat, "I'm too busy."
"Not I," said the dog, "I'm too busy."
"Not I," said the goose, "I'm too busy."

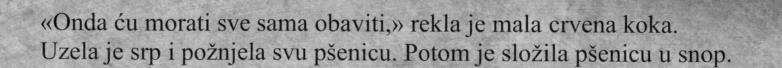

«Onda ću morati sve sama obaviti,» rekla je mala crvena koka.
Uzela je srp i požnjela svu pšenicu. Potom je složila pšenicu u snop.

"Then I shall do it all by myself," said Little Red Hen.
She took a sickle and cut down all the wheat. Then she tied it into a bundle.

Sada je pšenica bila pripremljena za vršidbu.
Mala crvena koka odnijela je snop pšenice natrag u dvorište.

Now the wheat was ready to thresh.
Little Red Hen carried the bundle of wheat back to the farmyard.

Mala crvena koka pozvala je ostale životinje:
«Hoće li mi netko pomoći vršiti pšenicu?»
«Ja ne», odgovorila je mačka, «imam previše posla.»
«Ja ne», odgovorio je pas, «imam previše posla.»
«Ja ne», odgovorila je guska, «imam previše posla.»

Little Red Hen called out to the other animals:
"Will anyone help me thresh the wheat?"
"Not I," said the cat, "I'm too busy."
"Not I," said the dog, "I'm too busy."
"Not I," said the goose, "I'm too busy."

«Onda ću morati sve sama obaviti,»
rekla je mala crvena koka.

"Then I shall do it all by myself!"
said Little Red Hen.

Cijeli je dan vršila pšenicu.
Kada je završila utovarila je pšenicu na kolica.

She threshed the wheat all day long.
When she had finished she put it into her cart.

Sada se pšenicu moglo samljeti u brašno. Ali je mala crvena koka bila jako umorna i otišla je u kokošinjac gdje je ubrzo slatko zaspala.

Now the wheat was ready to grind into flour. But Little Red Hen was very tired so she went to the barn where she soon fell fast asleep.

Sutradan, rano ujutro mala crvena koka zapitala je
ostale životinje:
«Hoće li mi netko pomoći odnijeti pšenicu u mlin?»
«Ja ne», odgovorila je mačka, «imam previše posla.»
«Ja ne», odgovorio je pas, «imam previše posla.»
«Ja ne», odgovorila je guska, «imam previše posla.»

The next morning Little Red Hen called out to the
other animals:
"Will anyone help me take the wheat to the mill?"
"Not I," said the cat, "I'm too busy."
"Not I," said the dog, "I'm too busy."
"Not I," said the goose, "I'm too busy."

«Onda ću morati ići posve sama,» rekla je mala crvena koka.
Potegnula je kolica puna pšenice i tako ih je vukla sve do mlina.

"Then I shall go all by myself!" said Little Red Hen.
She pulled her cart full of wheat and wheeled it all the way to the mill.

Mlinar je uzeo pšenicu i samljeo je u brašno.
Sada je sve bilo spremno i mogao se zamijesiti hljeb kruha.

The miller took the wheat and ground it into flour.
Now it was ready to make a loaf of bread.

Mala crvena koka pozvala je ostale životinje:
«Hoće li mi netko pomoći odnijeti brašno pekaru?»
«Ja ne», odgovorila je mačka, «imam previše posla.»
«Ja ne», odgovorio je pas, «imam previše posla.»
«Ja ne», odgovorila je guska, «imam previše posla.»

Little Red Hen called out to the other animals:
"Will anyone help me take this flour to the baker?"
"Not I," said the cat, "I'm too busy."
"Not I," said the dog, "I'm too busy."
"Not I," said the goose, "I'm too busy."

«Onda ću morati ići posve sama,» rekla je mala crvena koka.
Uzela je tešku vreću brašna i odnijela je sve do pekare.

"Then I shall go all by myself!" said Little Red Hen.
She took the heavy sack of flour all the way to the bakery.

Pekar je uzeo brašno, dodao mu malo kvasca, vode, šećera i soli.
Stavio je tijesto u pećnicu kako bi se ispeklo.
Kada je kruh bio gotov dao ga je maloj crvenoj koki.

The baker took the flour and added some yeast, water, sugar and salt.
He put the dough in the oven and baked it.
When the bread was ready he gave it to Little Red Hen.

Mala crvena koka nosila je svježe ispečen kruh
cijelim putem do farme.

Little Red Hen carried the freshly baked bread
all the way back to the farmyard.

Mala crvena koka pozvala je ostale životinje:
«Hoće li mi netko pomoći jesti ovaj ukusni, tek ispečeni, kruh?»

Little Red Hen called out to the other animals:
"Will anyone help me eat this tasty fresh bread?"

«Ja ću», odgovorio je pas, «nemam drugog posla.»

"I will," said the dog, "I'm not busy."

«Ja ću», odgovorila je guska, «nemam drugog posla.»

"I will," said the goose, "I'm not busy."

«Ja ću», odgovorila je mačka, «nemam drugog posla.»

"I will," said the cat, "I'm not busy."

«O, morat ću malo razmisliti o tome!» rekla je mala crvena koka.

"Oh, I'll have to think about that!" said Little Red Hen.

Mala crvena koka pozvala je mlinara i pekara kako bi s njom podijelili slastan kruh dok su ostale tri životinje mogle samo gledati.

The Little Red Hen invited the miller and the baker to share her delicious bread while the three other animals all looked on.

ključne riječi

little	mala/mali/malo	clouds	oblaci
red	crven/crvena/crveno	rain	kiša
hen	koka	sun	sunce
farmyard	dvorište na farmi	ripe	zreo/zrela/zrelo
farm	farma	plant	sijati/saditi
goose	guska	cut	rezati; žnjeti
dog	pas	sickle	srp
cat	mačka	bundle	snop
wheat	žito	thresh	vršiti
busy	imati posla	grind	samljeti

key words

flour	brašno	tasty	ukusan/ukusna/ukusno
the mill	mlin	fresh	svjež/svježa/svježe
miller	mlinar	delicious	slastan/slastna/slastno
ground	samljeti/samljeo	all	svi
bread	kruha	she	ona
baker	pekar	he	on
yeast	kvas/kvasac		
water	voda		
sugar	šećer		
salt	sol		

First published in 2005 by Mantra Lingua
Global House, 303 Ballards Lane London N12 8NP
www.mantralingua.com
Text copyright © 2005 Henriette Barkow
Illustration copyright © 2005 Jago
Dual Language text copyright © 2005 Mantra Lingua
Audio copyright © Mantra Lingua 2008
This sound enabled edition published 2016

A CIP record for this book is available from the British Library

Printed in Paola, Malta MP140516PB06162034